I0686129

LA DÉCONFITURE DES JÉSUITES.

Versipelles, gloriosi,
Doctores periculosi,
Gubernant omnia malè.

(*Canticum jesuiticum*, 1683.)

PARIS.

IMPRIMERIE ET LITHOGRAPHIE DE A. APPERT,

PASSAGE DU CAIRE, 54.

LA DÉCONFITURE

DES

JÉSUITES.

Tragi-Comédie

PAR

RACINE-ARISTOPHANE.

SUIVI

DE NOTES EXPLICATIVES ET JUSTIFICATIVES.

PRIX : 1 FR.

PARIS.

Chez SAGNIER et BRAY, rue des Saints-Pères, 64.

AVRIL 1844.

(4)

AVIS AUX LECTEURS.

Spectateur attentif des comédies qui se jouent sur la grande scène de ce monde, j'ai eu la fantaisie de retracer au public le premier acte d'une pièce qui m'a vivement frappé, et qui a fait beaucoup de bruit dans son temps. Je ne suis ni un Racine, ni un Aristophane, et je regrette bien que mes chers parents ne m'aient donné que leur nom, mais je n'ai pu résister au plaisir de dire aussi mon petit mot sur de grands évènements.

> Sœpiùs ventis agitatur ingens
> Pinus, et celsœ graviore casu
> Decidunt turres, feriunt que summos
> Fulgura montes,

a dit le bon Horace, et cela me rassure et me donne le courage de dire la vérité en riant. Si l'on veut savoir qui je suis, il faut le deviner, car je suis parfaitement inconnu. Je crois cependant pouvoir dire sans indiscrétion que je ne suis ni évêque, ni prêtre, ni jésuite, ni moine, ni père de famille, ni maître d'étude, et encore moins ministre de l'instruction publique ou des cultes. Je suis tout simplement un citoyen français, qui supplie à deux genoux son lecteur de ne pas le prendre pour un de ces ennemis de l'Université, dont les cris assourdissants nous étourdissent les oreilles depuis plus de six mois. Eh! mon Dieu, je connais la Charte : elle est immuable, et si elle a promis la liberté d'enseignement, on doit savoir qu'elle la promettra toujours. Encore une fois, je suis un spectateur inoffensif, impartial... Si le lecteur veut bien me lire sans prévention, il verra que

Le plus jésuite ici n'est pas celui qu'on pense.

PERSONNAGES.

MONOPOLE.
LATRION.
PANTHÉE, philosophe,
DIDACTOBULE, ⎫
MICHISTOR,   ⎬ amis de Monopole.
PEUCIN,   ⎭
PION, maître d'études.
Un Père de Famille.
Un Evêque.
Un Jésuite.
Chœur de Professeurs.

La scène se passe dans le cabinet de Monopole.

(Représenté le 1er Février 1844.)

La Déconfiture des Jésuites.

SCÈNE PREMIÈRE.

—

MONOPOLE, LATRION.

MONOPOLE.

Ainsi donc, suivant vous, mon projet n'est pas bon
Et ne peut même aller jusqu'au Palais-Bourbon ?
Vous voulez excepter les petits séminaires,
De tous mes ennemis exécrables repaires ?

LATRION.

Je crois qu'il faut laisser un peu de liberté,
Si nous ne voulons voir le clergé révolté
Fulminer contre nous ses sacrés anathèmes.

MONOPOLE.

Mais je vois en cela, moi, des dangers extrêmes ;
Un peu de liberté, c'est mon arrêt de mort ;
Je ne le sens que trop, l'esclavage est mon fort,
Si je le laisse abattre, il faut rendre les armes.

Hé! mon cher Latrion, dites-moi, par quels charmes
Pourrais-je retenir les élèves chez moi ?
Mon éducation n'est pas de bon aloi ;
Souvent tel, parmi nous, par sa science brille,
Dont les dérèglements désolent la famille,
Et mes rivaux, d'ailleurs, demandent moins d'argent.
Ami, je suis à mal, soyez moins exigeant.

LATRION.

Il ne faut pourtant pas irriter trop les prêtres :
Ils sont encor puissants, s'ils ne sont plus les maîtres,
Et, mon cher Monopole, avouons entre nous
Qu'ils ont le droit pour eux.

MONOPOLE.

        Qu'ils craignent mon courroux !
J'ai déchaîné contre eux tous mes sujets fidèles ;
Ils leur ont fait, je crois, des blessures mortelles,
Et nous avons de plus pour nous l'opinion.

LATRION.

Ne nous abusons pas : le pamphlet de Lyon
A plus de partisans qu'on ne saurait le croire.
Avez-vous oublié le terrible Mémoire
Que viennent d'envoyer cinq évêques voisins ?
Croyez-vous qu'ils n'aient pas bien des diocésains

Tout prêts à soutenir la cause épiscopale?
Il faut les ménager, éviter le scandale,
Accorder quelque chose à leurs prétentions,
Ou s'attendre à beaucoup de contradictions.

MONOPOLE.

Mais ne pouvez-vous pas réprimer leur audace?
Si j'étais seulement un jour à votre place,
Je les ferais bien taire, et notre *Moniteur*
Réprimerait bientôt leur imprudente ardeur.

LATRION.

Des condamnations contre eux sont illusoires,
Par chaque réprimande ils comptent leurs victoires.
Non, non, n'attendez pas un embarras léger :
Il vous faudra, pour vaincre, avec eux transiger ;
Heureux, si vous pouvez sauver vos privilèges,
Et seul, comme aujourd'hui, régner sur les collèges !

MONOPOLE.

Mais la Chambre est pour nous, à part quelques
                                         [brouillons
Qui ne veulent que trouble et révolutions.

LATRION.

Peut-être... Craignons tout. Et puis, en confidence,

Que faire, si poussés d'une sainte imprudence,
Les prélats furieux vous privent d'aumôniers?

MONOPOLE.

Encore vos prélats! sont-ils si tracassiers?
Je ne le pense pas. Au reste, en cette affaire,
Je ne veux rejeter nul avis salutaire,
Et j'ai fait convoquer nos plus graves amis.
Ils arrivent.

SCÈNE II.

MONOPOLE, LATRION, PANTHÉE, DIDACTO-
BULE, MICHISTOR, PEUCIN, Chœur de Pro-
FESSEURS.

MONOPOLE.

Messieurs, je vous ai réunis
Pour m'éclairer encor de votre expérience.

DIDACTOBULE.

Nous répondrons, seigneur, à votre confiance.

MONOPOLE.

Depuis que Desgarets, ce prêtre audacieux,

A lancé contre nous son pamphlet odieux,
Et de tous nos projets a déchiré le voile,
Vous voyez chaque jour s'obscurcir mon étoile.
Et que deviendrons-nous, si la réaction
Entraîne dans son flot toute la nation?
Je vois régner déjà les disciples d'Ignace,
Ces noirs conspirateurs, dont l'insolente race
Asservit à son joug les peuples et les rois.
Que ferez vous alors, professeurs aux abois?
Messieurs, que deviendront nos mille privilèges,
Quand le silence seul peuplera nos collèges?
Quand notre traitement glissera de nos mains?
Et ces malheurs, Messieurs, ces malheurs sont pro-
                                        [chains.
Il faut agir, il faut enfin nous faire craindre :
On veut la liberté, nous allons la restreindre.
Dans ce combat à mort n'ayez pas de frayeur ;
Eh! le droit du plus fort n'est-il pas le meilleur?
Nos ennemis, sans doute, invoqueront la Charte,
Mais nous leur renverrons le nom de Bonaparte...
Il est temps d'achever notre œuvre de juillet,
De sevrer le clergé de son zèle inquiet ;
Il faut qu'à notre joug se soumette l'étole,
Et que partout enfin règne le Monopole.

DIDACTOBULE.

A ces mots éloquents on ne peut qu'applaudir.

Voici venue, amis, l'heure d'anéantir
Ce grand culte dont j'ai prédit les funérailles.
Oui, nous allons livrer les dernières batailles ;
La victoire est à nous, qui pourrait en douter ?
Seigneur, pour votre loi je suis prêt à voter.

PANTHÉE.

J'approuve votre avis, savant Didactobule ;
Je diffère en un point : plus que vous je recule
L'époque fortunée où le monde affranchi,
Et par nos longs travaux de sagesse enrichi,
Secoûra pour toujours les dogmes du calvaire :
Un triple siècle encor pour l'œuvre est nécessaire.
C'est à nous d'éclairer le pauvre genre humain,
De lui tendre sans cesse une puissante main,
Pour l'élever du dogme à la philosophie.
Au Monopole seul pour cela je me fie.

MONOPOLE.

Je vois avec plaisir que nous sommes d'accord.
Mais vous ne dites rien, illustre Michistor ?

MICHISTOR.

Je ne suis qu'une voix pour crier à la France :
Aux mains des ennemis est toute la puissance ;

Mais le mal est connu, nous pouvons l'arrêter,
Il est grand, pour le vaincre il faut donc se hâter.
Ils ont pour le combat quarante mille chaires,
Plus de vingt mille enfants peuplent leurs séminaires,
Ils ont la mère, ils ont les confessionnaux ;
Nous, nous n'aurions bientôt que de sombres tom-
[beaux.
Devant les cris sacrés sortis de Brugelette,
O chaire de Ramus, resterais-tu muette ?
J'ai dit : « Voici mon cœur, il s'ouvre devant vous,
Devant ses ennemis, pour recevoir leurs coups.
Mange, mange, vautour, car c'est la chair d'un brave,
Mange, mange, vautour, nourris-toi, vil esclave,
Tu deviendras plus fort, et ton bec trop petit
Croîtra d'une coudée. » Et l'oiseau me mordit ;
Puis il s'alla percher aux tours de Notre-Dame,
Et de nouveaux complots ourdit l'horrible trame.
Aussi, seigneur, j'approuve en tout point votre loi :
Pas de leur liberté ; la liberté, c'est moi.

PEUCIN.

Après ce qu'on a dit, ma voix est inutile.
L'éloquent Michistor, dans son splendide style,
Allie avec tant d'art la grâce et la raison,
Qu'on ne pourrait que perdre à la comparaison.
Je ne dis que deux mots : Anathême aux Jésuites,

Et bonne loi ; sinon , d'épouvantables suites
Montreront ce que veut un intrigant clergé.

MONOPOLE.

Messieurs, de vos conseils je vous suis obligé ;
Je n'attendais pas moins de la haute sagesse
Des savants professeurs que ma gloire intéresse.
Mais quelqu'un vient ici, demeurez un instant.

SCÈNE III.

LES PRÉCÉDENTS , PION.

PION.

Messieurs, puis-je vous dire un fait fort attristant?
Il s'agit d'un collège.

PANTHÉE (*à part*).

Eh bien ! que va-t-il dire ?
De quel nouvel abus va-t-il donc nous instruire ?

MONOPOLE.

Votre nom ? votre emploi dedans l'instruction ?

PION.

Je suis maître d'étude, on m'appelle Pion.

Honnête homme avant tout, ami vrai de l'enfance,
Sachant que rien ne peut remplacer l'innocence,
Et jaloux d'accomplir mon plus pressant devoir,
A protéger les mœurs j'ai mis tout mon pouvoir.
Permettez-moi, Messieurs, de passer sous silence
Les désolants détails qu'apprit ma vigilance;
Je les ai consignés dans un écrit exprès :
Et c'est celui, Messieurs, qu'ici je vous remets.
Je voulus avertir de ce mal effroyable ;
Il me fut répondu qu'il était incurable.
Mais est-ce donc ainsi que l'Université,
Se jouant sans pudeur de leur crédulité,
Des familles détruit la plus chère espérance ?
Ne peut-on plus du mal conserver l'ignorance ?
Ah ! mille fois plutôt.....

MONOPOLE.

Ne vous emportez pas.
Ignorez-vous, Monsieur, quels sont nos embarras ?
Nous ne pouvons tout faire. Au reste, il est facile
D'aviser à ce mal. Ainsi, soyez tranquille,
Nous pèserons, Monsieur, vos observations
Lorsque nous aurons pris des informations.
Allez.

SCÈNE IV.

LES PRÉCÉDENTS , MOINS PION.

MONOPOLE.

Que pensez-vous de ce maître d'étude ?
Avez-vous vu son air à la fois simple et prude ?

PEUCIN.

Je me tromperais fort s'il n'a vu Saint-Acheul.

MICHISTOR.

Il a l'esprit de mort, couvrons-le d'un linceul.

LATRION.

Je ne puis approuver cette plaisanterie.
Messieurs, le fait est grave, et, sans cafarderie,
On peut s'inquiéter des mœurs des jeunes gens.

MONOPOLE.

Hé ! sans doute, mon cher, mais ce n'est pas le temps.
Personne plus que moi ne veut une jeunesse
Exercée aux vertus, exempte de mollesse,
Mais nous verrons plus tard , visons au plus pressé

MICHISTOR.

Monopole a raison. Je l'ai dit l'an passé :
Le jeune homme qui suit les voluptés du monde
Arrêtera bientôt sa course vagabonde ;
La lassitude doit le ramener au bien.
Mais le *jésuitisé*, n'en attendez plus rien.

MONOPOLE.

Que faire cependant de ce maître d'étude ?

DIDACTOBULE.

Le casser, le chasser, sans tant d'incertitude.

MONOPOLE.

Mais il dévoilera des faits honteux pour nous.

DIDACTOBULE.

Nous les nîrons.

MONOPOLE.

Pourtant, en serons-nous absous ?

DIDACTOBULE.

Ensuite nous ferons prêcher une retraite,
Et nous annoncerons conversion parfaite.

MONOPOLE.

Ah! vous me fournissez un bon expédient,
Facile tout-à-fait et fort édifiant.
Adopté... Mais, Messieurs, surtout pas d imprudence
J'aperçois un évêque.

SCÈNE V.

LES PRÉCÉDENTS, un évêque.

MONOPOLE.

Ah! c'est la providence
Qui nous amène ici, sans doute, Sa Grandeur,
Vous nous éclairerez.

PEUCIN (*à part*).

Oh! l'habile flatteur!

L'ÉVÊQUE.

Messieurs, je vous demande un moment d'audience.
Pour ne pas abuser de votre patience,
J'aurais voulu me taire en attendant la loi,
Mais tout ce que j'apprends redouble mon effroi.

MONOPOLE.

Sa Grandeur peut parler : nous cherchons la lumière ;
Qu'elle emploie avec nous une franchise entière.

L'ÉVÊQUE.

Vous savez que pour nous, ministres du Très-Haut,
L'innocence et la foi sont un sacré dépôt
Dont nous aurons à rendre un compte redoutable.
La science, à nos yeux, n'est qu'un don détestable
Lorsque ces deux vertus ne l'accompagnent pas ;
Nous voyons tous les jours les tristes résultats
D'une éducation que la vertu renie.
L'innocence du cœur vaut mieux que le génie.
Or, voyons-nous fleurir dans l'université
L'innocence et la foi ? Non...

PANTHÉE (*regardant à sa montre qui marque cinq
heures et demie*).

Pour la vérité,
Permettez, monseigneur, que je vous interrompe,
Et que je montre ici que Sa Grandeur se trompe.

PEUCIN (*bas à Didactobule*).

Que va-t-il donc lui dire ?

DIDACTOBULE (*bas à Peucin*).

Hum! je n'en sais trop rien;
Reposons-nous sur lui, c'est un rusé chrétien.

PANTHÉE.

A l'heure où nous parlons, dans aucun des collèges,
Dont on attaque tant les maîtres sacrilèges,
Aucun des professeurs de l'Université
Ne dit rien, croyez-en à ma sincérité,
Ne dit rien qui ne soit strictement catholique,
J'en jure sur l'honneur!

PEUCIN (*bas à Didactobule*).

Le trait est magnifique.

DIDACTOBULE (*bas à Peucin*).

On peut attendre tout de son habileté.

PEUCIN (*bas à Didactobule*).

Ma foi, vive Panthée et l'*insincérité!*

L'ÉVÊQUE.

Je veux bien vous en croire, et de votre parole
Je tire un argument contre le monopole.

A tous les citoyens la charte-vérité
Pour leurs cultes promet égale liberté.
Si l'Université, strictement catholique,
Ecarte de son sein tout savant hérétique,
Le Juif, le Protestant ont droit de réclamer,
On viole leurs droits ; et si, pour les calmer,
Au Juif, au Protestant, au Déiste, à l'Athée,
A celui qui s'adore avec le dieu Panthée,
Dans l'Université vous accordez des droits,
C'est à nous de nous plaindre et d'élever la voix,
Car l'enfant tiraillé par des cultes contraires
Ne peut que s'écarter de la foi de ses pères.
Seule la liberté peut tout concilier,
Ayez bien soin, Messieurs, de ne pas l'oublier.

PEUCIN.

Mais si nous accordons une liberté pleine,
Sans doute, comme nous, Sa Grandeur est certaine
Que tout retombera dans les mains du clergé :
Le maître seulement de nom aurait changé.

L'ÉVÊQUE.

D'où peut donc vous venir cette nouvelle crainte ?
Croyez-vous que jamais nous usions de contrainte ?

PEUCIN.

Non, non, mais le passé donne l'expérience :

Le clergé, jouissant de plus de confiance,
Attirerait à lui des sujets plus nombreux.
Nous devons prévenir ces effets désastreux.

L'ÉVÊQUE.

Ainsi la confiance excite vos alarmes,
Et contre le clergé vous vous faites des armes
De ce qui vous devrait attirer tous à lui?
S'il était détesté vous seriez son appui?
Mais n'est-ce pas gêner la liberté des pères...

UNE VOIX DE PROFESSEUR.

Si vous réussissez, aux pensions moins chères
Vous devez vos succès.

L'ÉVÊQUE.

    Alors, imitez-nous,
Et vainquez ce clergé dont vous êtes jaloux :
Le pauvre y gagnera.

MONOPOLE.

    Que Sa Grandeur s'assure
Que tout sera parfait dans notre loi future;
Je connais mon devoir et je veux l'accomplir :
Aucun des deux partis ne me verra faiblir.

Je veux éterniser, Messieurs, mon ministère,
Accorder le collège avec le presbytère,
Et donner une loi... loi de sincérité.

L'ÉVÊQUE.

Vous avez rassuré mon esprit agité,
Monsieur, sur votre foi la mienne se repose.
Nous verrons avec joie en vos mains notre cause.
Mais je vous le redis, surtout, souvenez-vous
Que nous vous demandons la liberté pour tous.

SCÈNE VI.

LES PRÉCÉDENTS, moins l'évêque.

MONOPOLE.

Il était temps, ma foi, que je l'interrompisse ;
Peucin nous avait mis au bord du précipice.
Mais l'orage est passé. Ces évêques maudits
Viennent à tous moments tourmenter mes esprits :
Je veux les attraper. Leurs petits séminaires
Jouissent dans ma loi de faveurs arbitraires,
Mais bast ! je sais fort bien reprendre d'une main
Ce que l'autre a donné ; mes amis, à demain...
Allons! encore un autre, ils s'entendent sans doute.

SCÈNE VII.

LES PRÉCÉDENTS, un père de famille.

LE PÈRE DE FAMILLE.

Messieurs, pour prévenir les maux que je redoute,
Fort des droits que la Charte accorde au citoyen,
Je viens vous demander un moment d'entretien.

MONOPOLE.

Qu'êtes-vous dans l'état ?

LE PÈRE DE FAMILLE.

         Un père de famille,
Petit-fils d'un héros mort devant la Bastille;
J'ai combattu moi-même au soleil de juillet,
Quand un prince abusé chassant à Rambouillet,
Laissait anéantir les libertés publiques,
Et signait des décrets injustes, tyranniques.
Nous avons reconquis nos droits qu'on oubliait,
Nous avons obtenu la Charte de juillet,
Et l'on dit maintenant, mais je ne puis le croire,
Que méprisant ces droits, une loi vexatoire
Au choix libre du père enlève ses enfants;
Ce serait donc en vain que nos bras triomphants...

MONOPOLE.

Etes-vous électeur ?

LE PÈRE DE FAMILLE.

Non.

MONOPOLE.

Que venez-vous faire ?
Soumettez-vous aux lois, le reste est notre affaire.
D'ailleurs, ne craignez rien : la loi que je promets
Saura concilier les plus chers intérêts.

LE PÈRE DE FAMILLE.

Obtiendrons-nous enfin la liberté promise ?
Vous savez qu'en ce point la charte est très précise.

MONOPOLE.

Eh ! mon Dieu, je connais la charte comme vous.
(à part).
La charte ! avec leur charte ils vont devenir fous !

LE PÈRE DE FAMILLE.

Vous m'avez rassuré ; fort de votre parole
J'espère être affranchi du joug du Monopole.
(Il sort).

SCÈNE VIII.

MONOPOLE, LATRION, PANTHEE, DIDACTO-
BULE, MICHISTOR, PEUCIN, CHŒUR DE PRO-
FESSEURS, UN JESUITE.

MONOPOLE.

Respirerai-je enfin ?... Mais quel est celui-là ?...
Qui vient nous demander ?

LE JÉSUITE.

Le Père Loyola.

PEUCIN.

Un Jésuite !

PANTHÉE.

Un Jésuite !

DIDACTOBULE.

Un Jésuite !

MICHISTOR.

Un Jésuite !

PEUCIN (*à part*).

Certes, si je l'osais je m'enfuirais de suite.
(*Haut*).
Je croyais bien, ma foi, qu'il n'en existait plus.
Hélas! je me trompais, les voici revenus.
Que va-t-il arriver? O France, ô ma patrie,
Je vois, je vois déjà ta liberté flétrie,
Je vois venir ces temps d'abomination
Où je portais le dais à la procession!

LE JÉSUITE.

Messieurs, qu'avez-vous donc? En quoi peut ma
[présence,
Effaroucher ainsi cette noble assistance?
Messieurs, serais-je un monstre? Illustre Michistor,
Craignez-vous que vers vous je prenne mon essor
Pour dévorer ici votre grand cœur de brave?
D'une vaine frayeur cessez d'être l'esclave,
Nous sommes trop frugals pour dévorer les gens,
Et vous savez d'ailleurs si nous sommes méchants.

MICHISTOR.

Quel sera l'avenir ? Dieu seul peut nous le dire,
Mais si de nouveaux coups il voulait nous instruire,
Qu'il frappe de l'épée, et nous le bénirons,

Car la chair saignera, mais nous en guérirons.
Les blessures du fer ne sont pas incurables.
Hélas! hélas! hélas! quels remèdes capables
De guérir une plaie imperceptible aux yeux,
Comme celles que fait cet esprit odieux,
Cet esprit de police et de dévote brigue,
De délation sainte et de pieuse intrigue,
Cet esprit jésuitique... Ah! mille fois plutôt
Le règne d'un tyran que celui d'un dévot!
Oui, plutôt l'esclavage et son amer calice
Que de voir parmi nous une telle police!
La tyrannie au moins réveille les esprits,
Et le peuple en trois jours disperse ses débris,
Mais quand tout sentiment s'est éteint dans une âme,
Comment y ranimer la précieuse flamme?
Comment, quand la gangrène a dévoré les os
Arracher le cadavre à la nuit des tombeaux?
Tel est l'esprit de mort, tel l'esprit des Jésuites.

UNE VOIX DE PROFESSEUR.

Le grand Michistor vient d'atteindre les limites
De la raison.

LE JÉSUITE.

Messieurs...

CHŒUR DE PROFESSEURS.

Honneur à Michistor!

LE JÉSUITE.

Messieurs, je...

CHŒUR DE PROFESSEURS.

Grâce à lui, revient le siècle d'or.

LE JÉSUITE.

Messieurs je suis...

CHŒUR DE PROFESSEURS.

Bravo! c'est l'éloquence même.

LE JÉSUITE.

Mais, Messieurs...

CHŒUR DE PROFESSEURS.

De nous tous c'est le vivant emblême.

LE JÉSUITE.

Je vous prie...

CHŒUR DE PROFESSEURS.

Alala! bravo! tra la la la!

LATRION.

Messieurs, laissez parler le père Loyola,
Que nous sachions au moins quel sujet nous l'amène.

MONOPOLE.

Chut !

LE JÉSUITE.

Je n'ignore pas, Messieurs, de quelle haine
Notre ordre est poursuivi par l'Université.
Dans mille écrits divers chaque jour insulté,
Il est l'unique but d'attaque sans mesure,
Et même notre nom est une grave injure.
Mais qu'avons-nous donc fait pour mériter ce sort ?

MICHISTOR.

Vous avez en tous lieux semé l'esprit de mort.

CHŒUR DE PROFESSEURS.

Bravo ! bravo ! bravo !

PEUCIN (*à part*).

Juste ciel, quel tapage !
Si j'étais président de cet aréopage,
Je le ferais cesser en me couvrant le chef.

MONOPOLE.

Silence donc, Messieurs!.. Mon Père, soyez bref.

LE JÉSUITE.

Sans cabale, sans bruit, dans notre solitude,
Nous faisons nos plaisirs d'une incessante étude,
Nous prions Dieu pour ceux qui nous veulent du mal;
Si l'on vient nous trouver au sacré tribunal,
Nous tâchons de remettre en paix les cœurs coupables.
Quel mal faisons-nous donc?

PEUCIN.

Par des vœux condamnables
Vous jurez de servir un seigneur étranger ;
Vos statuts sont secrets : ce mal est-il léger ?

LE JÉSUITE.

Nous faisons vœu de suivre en tous points l'évangile,
D'embellir tous nos jours par un travail utile,
D'être chastes, de fuir la moindre dignité,
De nous mortifier, d'aimer la pauvreté.
Quel mal faisons-nous donc?

MICHISTOR.

O ciel! quel mal vous faites?

Vos doctrines partout soulèvent des tempêtes ;
Tantôt vous enlevez aux peuples tous leurs droits,
Tantôt vous permettez l'assassinat des rois ;
Par vos distinctions vous tuez la morale,
Et la religion, pour vous chose vénale,
N'est qu'un voile jeté sur votre ambition.
Vous êtes les auteurs de l'inquisition...

LE JÉSUITE.

Hé ! monsieur, laissez-là ces vieilles calomnies
Indignes de tromper de si puissants génies.
Mieux que nous, j'en suis sûr, vous les appréciez ;
Et mieux que moi, monsieur, vous les réfuteriez,
S'il existait pour nous encor quelque justice.

MONOPOLE.

Monsieur, de vos discours nous voyons l'artifice,
Et nous perdons ici des moments précieux.
Croyez-moi, nous savons, et peut être un peu mieux
Que vous ne le pensez, ce que c'est qu'un jésuite.
Que nous demandez-vous ? au fait, au fait de suite.

PANTHÉE (*à part*).

Que va dire le Père ? Oh ! si j'étais Pascal...

LE JÉSUITE.

La charte, du pays pacte fondamental,

En accordant à tous liberté de croyance,
Ne peut, sans se mentir, scruter ma conscience,
Rechercher si je suis musulman ou chrétien :
Il suffit pour la loi que je sois citoyen.
Et j'apprends cependant que votre loi future
De l'éducation s'apprête à nous exclure.
Parce que j'aurai fait vœu de perfection,
Je deviendrai l'objet de sa suspicion ;
Parce que de plus près je suivrai l'évangile,
Je serai pour le bien à jamais inhabile.
Les Français sont égaux, mais les religieux
Seront des parias, des êtres factieux,
Dignes d'être accablés de mépris et d'injures ;
On les souffre pourtant s'ils deviennent parjures ;
Ils peuvent à ce prix sortir d'abjection.
La charte n'est donc plus qu'une déception ?

PEUCIN.

La France ne veut pas, monsieur, du monachisme,
Pas plus qu'elle ne veut de l'ultramontanisme.

DIDACTOBULE.

Les moines loin de nous avec leurs oraisons !

LE JÉSUITE.

Mais les moines, messieurs, ne sont pas des raisons

Sommes-nous citoyens ? sommes-nous des esclaves ?
Citoyens, pour nous seuls pourquoi donc ces entraves?
Esclaves, que la loi le dise clairement.
Jusque là nous dirons qu'exiger un serment,
C'est violer les droits de notre conscience,
C'est contre la vertu s'armer de défiance,
C'est proclamer enfin notre proscription.

UN PROFESSEUR.

On ne vous doit à vous que... que l'expulsion.

LE JÉSUITE.

Après ce mot, messieurs, je n'ai plus qu'à me taire :
Il est de votre loi le meilleur commentaire.

SCÈNE IX.

LES PRÉCÉDENTS, moins le jésuite.

PEUCIN.

Il est hardi, ce Père, et bien impertinent.

MICHISTOR.

Rien ne peut effrayer un moine entreprenant.

DIDACTOBULE.

Voudraient-ils pas bientôt reprendre leurs collèges?
Mes bons Pères, filez, on connaît vos manèges.

MONOPOLE.

Ah! quand finira donc cette procession?
Qui me délivrera de cette obsession?
Vous voyez, mes amis, tous les maux que j'endure
Pour différer au moins notre déconfiture;
Vous voyez aujourd'hui ce qu'on souffre pour vou
Depuis plus de six mois, abreuvé de dégoûts,
Je combats seul ici pour sauver vos fortunes,
Et qui pourrait vous dire à combien de rancunes,
A combien de fureurs je me suis exposé?
Chaque nuit voit mon lit de mes pleurs arrosé,
Je ne puis plus goûter un moment de relâche;
Je suis prêt quelquefois d'abandonner ma tâche,
Mais votre appui, messieurs, me redonne du cœur:
Je jure de mourir ou de rester vainqueur.

PEUCIN.

La victoire a toujours couronné le courage.

DIDACTOBULE.

Vous aurez, dans un mois, achevé votre ouvrage.

MICHISTOR.

Je vois l'esprit de mort qui s'enfuit sans retour.

PANTHÉE.

De la philosophie on voit poindre le jour.

MONOPOLE.

Vous voyez, Latrion, que vos frayeurs sont vaines.
Non, jamais le clergé ne brisera ses chaînes,
Et c'est le seul rival qui puisse contre nous
Diriger aujourd'hui de redoutables coups.
Nous unirons sa cause à celle des Jésuites,
Nous le fatiguerons d'incessantes poursuites,
Et montrant au pays ses envahissements,
Nous mettrons à couvert nos établissements.

LATRION.

Les pères de famille ?

MONOPOLE.

                    Ils ne sont pas à craindre ;
Si le clergé se tait, ils n'oseront se plaindre.
Pour étouffer enfin leur cri de liberté,
Il ne faut que s'armer d'un peu de fermeté.
Du glaive de la loi frappons les plus coupables,

Ne ménageons plus rien , et soyons implacables.
Oui, si vous nous prêtez votre loyal concours,
Nous vaincrons , et le noir sera blanc dans deux jours.

CHŒUR DE PROFESSEURS.

A bas la liberté ! Vive le monopole !
Malheur à l'insolent qui blâme notre école !
Nul n'aura de l'esprit que nous et nos amis.

MONOPOLE. (*tenant le livre des statuts de l'Université.*)

J'admire votre ardeur et je m'en réjouis.
Je vois que tous déjà vous brûlez de me suivre.
Jurez donc avant tout sur cet auguste livre
Renfermant les statuts de l'Université,
De combattre avec moi contre la liberté.

TOUS LES PROFESSEURS.

Oui, nous jurons ici pour nous, pour tous nos frères,
De défendre la loi contre nos adversaires ,
De remplir les journaux de clameurs et d'écrits
Tant qu'elle aura vaincu tous les libres esprits.
Si quelque transgresseur enfreint cette promesse,
Qu'il éprouve aussitôt la plus grande détresse,
Qu'avec lui ses enfants de tout collège exclus,
Soient au rang de ces morts que l'on ne connaît plus !

MONOPOLE.

Bien, mes enfants. Qu'en paix chacun chez soi s'en
[aille,
Et demain tenez-vous tout prêts pour la bataille.

SCÈNE X.

CHŒUR DE PROFESSEURS QUI CHANTENT AVANT DE SE
SÉPARER.

LE CHŒUR.

Le monopole enfin règne dans sa puissance ;
Qu'il domine partout, qu'il gouverne à jamais !
Il commande à l'enfant même avant sa naissance,
   Chantons, publions ses bienfaits.

UNE VOIX SEULE.

En vain des prêtres l'insolence
Au peuple qu'il nourrit imposerait silence,
   Sa loi ne périra jamais.
Amis, de jour en jour croîtra notre opulence ;
Le monopole enfin règne dans sa puissance,
   Chantons, publions ses bienfaits.

LE CHŒUR.

Le monopole enfin règne dans sa puissance,
    Chantons, publions ses bienfaits.

UNE VOIX SEULE.

    Il verse l'or d'une main libérale,
        Et dans ses modestes réduits,
        La nation professorale
Tranquille désormais peut savourer les fruits
Que voulait lui ravir la gent sacerdotale.

UNE AUTRE VOIX.

Il vend l'instruction à tout le genre humain ;
        C'est le soleil de toute intelligence,
        Et nul ne peut acquérir la science,
S'il ne la reçoit pas de sa puissante main.

UNE TROISIÈME VOIX.

Oui, tous les professeurs garderont la mémoire
De ce jour à jamais auguste, renommé,
        Où l'œil de colère enflammé,
Seul, dans son cabinet, un moment renfermé,
Monopole brûla l'épiscopal Mémoire,
Qui voulait affranchir les mortels de ses fers:

De son œil sortaient des éclairs,
Et sa voix, ébranlant les airs
Retentit comme le tonnerre.
La calotte trembla sous ces cris véhéments,
Et Fribourg, ébranlé jusqu'en ses fondements,
Soudain disparut sous la terre.

LA PREMIÈRE VOIX.

Ce jour a redonné la vie aux professeurs,
Effrayés si longtemps de l'audace des prêtres ;
Amis, à l'allégresse, abandonnons nos cœurs,
Vous connaissez la loi, nous sommes seuls les maîtres,

LE CHOEUR.

O divine, ô charmante loi !
Injustice, ô bonté suprême !
Que de raisons, quelle douceur extrême
A l'Université d'engager notre foi !

LA SECONDE VOIX.

De la charte pour nous il brise la promesse,
L'argent à pleins ruisseaux va couler dans nos mains,
Monopole est le dieu qui commande aux humains,
A le servir que tout s'empresse.

LA TROISIÈME VOIX.

Monopole est le dieu qui commande aux humains.

LE CHŒUR.

Le monopole enfin règne dans sa puissance,
Qu'il domine partout, qu'il gouverne à jamais !
Il commande à l'enfant même avant sa naissance,
Professeurs, chantons ses bienfaits.

FIN.

NOTES

Explicatives et Justificatives.

NOTES

EXPLICATIVES ET JUSTIFICATIVES.

SCÈNE I.

Page 8. — Le pamphlet de Lyon, etc. Il est inutile de dire qu'il s'agit du livre intitulé : *Le Monopole universitaire, destructeur de la religion et des lois*, mais il ne sera peut être pas inutile de mettre sous les yeux du lecteur, un passage où M. Dubois, avant d'être membre du Conseil royal, donnait à peu près la même qualification au monopole : « Le même principe de monopole frappe tour à tour tous les partis... rien de stable, rien de grand ne peut se tenter, disons plus : *rien de moral.* Car aucune conviction libre ne peut vivre dans un corps comme celui de l'Université, sans cesse exposé à démentir le lendemain ce qu'il professait la veille. Il y a longtemps que, pour la première fois, et les premiers avec suite, méthode et fidélité, nous avons réclamé contre le monopole, *destructeur de toute*

croyance et de toute instruction. (Le *Globe* 22 sep-
tembre 1829, p. 609).

Page 8. Avez-vous oublié le terrible Mémoire, etc. Le
Mémoire de l'archevêque de Paris , signé par les évê-
de Blois, de Versailles, de Meaux et d'Orléans , et
connu des ministres bien avant la présentation du
projet de loi sur la liberté d'enseignement , était
comme on sait , destiné à rester secret ; sa publica-
tion , faite après la présentation d'une loi qui n'en
tenait aucun compte, irrita M. Villemain, qui dicta ,
à ce qu'on prétend , à son collègue , M. Martin (du
Nord), la lettre qu'on va lire :

Paris, 8 mars 1844.

« Monseigneur,

« Vous avez adressé au roi un Mémoire concerté
entre vous et quatre de vos suffragants qui , comme
vous, l'ont revêtu de leurs signatures.

« Dans ce Mémoire, examinant à votre point de
vue la question de la liberté d'enseignement , vous
avez essayé de jeter un blâme général sur les établissements d'instruction publique fondés par l'État, sur
le personnel du corps enseignant tout entier, et dirigé des insinuations offensantes contre un des ministres du roi.

« Un journal vient de donner à ce Mémoire l'éclat de la publicité.

« Je ne doute pas que ce dernier fait ne se soit accompli sans votre concours ; mais je ne dois pas moins vous déclarer que le gouvernement du roi improuve l'œuvre même que vous avez souscrite , et parce qu'elle blesse gravement les convenances , et parce qu'elle est contraire au véritable esprit de la loi du 18 germinal an X.

« Cette loi interdit , en effet, toute délibération dans une réunion d'évêques non autorisée : il serait étrange qu'une telle prohibition pût être éludée au moyen d'une correspondance, établissant le concert et opérant la délibération, sans qu'il y eût assemblée.

« J'espère qu'il m'aura suffi de rappeler les prin-cipes posés dans les articles organiques du concordat pour que vous vous absteniez désormais d'y porter atteinte.

« Agréez, Monseigneur, l'assurance de ma haute considération.

« Le Garde-des-Sceaux , ministre de la justice et des Cultes.

« N. Martin (du Nord). »

Sans doute le passage du Mémoire qui avait fâché M. Villemain était le suivant : « On l'a observé, et cette remarque est pleine de justesse : *en trois ans M. Villemain a fait perdre au gouvernement tout le terrain acquis par dix années de lutte, de prudence et d'habileté.* »

L'archevêque ne se tint pas pour battu, et il répondit à M. Martin (du Nord), une lettre dans laquelle, regrettant la publicité donnée au Mémoire, il démontre qu'il n'a pas violé l'esprit de la loi du 18 germinal an X, qu'il n'a fait qu'agir sur la demande de M. le ministre des Cultes, et que le blâme jeté par lui sur le monopole de l'Université, n'est pas aussi fort que celui jeté par la Charte, lorsqu'elle en promet l'abolissement. Quant au reproche d'avoir blessé les convenances, il insinue doucement à M. le ministre, que ce reproche peut plus justement arriver à une autre adresse.

Page 9. Des condamnations contre eux sont illusoires, etc. On, sait que l'évêque de Châlons, atteint par le conseil d'État, s'est glorifié de sa condamnation. Sa lettre, adressée à M. l'abbé Combalot après son procès, justifie pleinement ce que dit Latrion :

Châlons, 14 mars 1844.

« L'évêque et le clergé de Châlons, s'empressent de joindre leurs félicitations à celle de toute l'Église et de tous les gens de bien, que M. l'abbé Combalot a reçues. Il était digne de lui de donner un si bel exemple et de prendre aussi ouvertement la défense de nos vérités catholiques contre l'Université, qui en est l'ennemie déclarée... Qu'il soit persuadé qu'on ne peut rien ajouter à notre profonde estime et à tous les sentiments dont nous lui offrons ici l'expression.

« † M. J., évêque de Châlons. »

Je n'examine pas si cette lettre garde tout le respect dû à la chose jugée; il suffit qu'elle montre surabondamment combien il faut être avare de condamnations qui attirent tant de gloire au coupable.

Page 10. Que faire, si... les prélats furieux vous privent d'aumônier? « Si, ce qu'à Dieu ne plaise, le projet contre lequel nous réclamons, recevait la sanction des pouvoirs législatifs, les évêques, défenseurs nés des saines doctrines, seraient, bien à regret, obligés alors de réunir tous leurs efforts et d'user de tous leurs moyens pour diminuer au moins l'empire de l'erreur; et si on les poussait ainsi aux dernières extrémités, qui pourrait les blâmer de refuser tout concours ecclésiastique à un système qui serait directement et universellement dirigé contre l'Église? » (Mémoire de l'archevêque de Lyon).

SCENE II.

Page 11. Quand notre traitement glissera de nos mains ? M. de Salvandy disait en 1839 : « cette disposition (une froide routine) est la plaie de l'Université ; on n'y portera remède qu'en relevant toutes les situations supérieures, en créant un grand intérêt à l'avancement. Je demande, non pour faire cesser cet état de choses, mais pour commencer à l'atténuer, que le traitement des professeurs de... soient portés de 3000 fr. à 4000 fr. »

Ibid. Eh ! le droit du plus fort n'est-il pas le meilleur ? Ce vers rappelle celui de Lafontaine, dans la fable *du Loup et l'Agneau.*

Ibid. Mais nous leur renverrons le nom de Bonaparte. M. Villemain aime beaucoup à représenter l'Université comme l'une des plus belles créations de l'Empire. C'est la preuve d'un cœur reconnaissant, qui pourrait l'en blâmer ?

Page 12. Ce grand culte dont j'ai prédit les funérailles. On dit que M. Dubois s'est vanté d'assister aux funérailles d'un grand culte.

Page 12. Un triple siècle encor pour l'œuvre est nécessaire. Le chanoine Desgarets accuse M. Cousin d'a-
voir dit que *le catholicisme en a encore pour trois cents
ans dans le ventre.* Je crois plus honnête le propos
que je mets dans la bouche de Panthée.

Page 13 et s. « Vous avez quarante mille chaires que
vous faites parler de gré ou de force; vous avez cent
mille confessionnaux d'où vous remuez la famille;
vous tenez dans la main ce qui est la basse de la famille (et du monde!) vous tenez la MÈRE : l'enfant
n'est qu'un accessoire... vingt mille enfants dans vos
petits séminaires! deux cent mille tout à l'heure dans
les écoles que vous gouvernez! des millions de fem-
mes qui n'agissent que par vous! — Et nous, qu'est-
ce que nous sommes, en face de ces grandes forces?
une voix, et rien de plus... une voix pour crier à la
France. » (Michelet, des Jésuites, p. 97 et 98).

« Ramus enseignait ici... Aussi, ne vous étonnez
pas si les ennemis de la liberté ne peuvent voir cette
chaire en face... Ils savent qu'elle a gardé un don,
c'est que, s'ils prévalaient un jour, si toute voix se tai-
sait, elle parlerait d'elle-même. » (Ibid. p. 94).

« Nous travaillons bien ou mal. Chaque jour, nous
venons tout apporter ici, notre vie, notre propre
cœur... Nos ennemis peuvent y mordre. — Et il y a

déjà longtemps (simples que nous sommes et laborieux) que nous les nourrissons de notre propre substance. Nous pouvons leur dire, comme dans le chant grec le blessé dit au vautour : « Mange, oiseau, c'est la chair d'un brave ; ton bec croîtra d'une coudée. » — Cette Église même, où vous prêchez, elle était là depuis des siècles, et vous ne saviez pas la voir... Il a fallu qu'on vous la montrât, qu'on vous fît découvrir les tours de Notre-Dame, et alors vous vous y êtes glissés, que Notre-Dame le voulût ou non. » (Ibid. p. 47, 48).

« La liberté, c'est moi. » (Ibid. p. 21).

Page 14. Bonne loi, etc. « M. Dupin : une bonne loi, voilà ce qu'ils ont voulu. — M. de Carné : la question, monsieur, est de savoir ce qu'on entend par une bonne loi. — M. Dupin : quand, à propos de la liberté d'enseignement, vous m'interpellez, je vous réponds : une bonne loi ! (séance du 23 janvier 1844).

SCÈNE III.

« Nous avons entre les mains une pièce devenue fort rare : c'est la lettre imprimée et signée, de ce maître d'études (on le nomme Perrot) qui, chargé de surveiller la division des grands, dans un collège

communal, dut, pour la paix de sa conscience, ré-
véler à l'aumônier, en le priant d'en parler au principal, les faits effrayants et effroyablement nombreux,
qu'il était forcé de contempler tous les jours... Le
principal reçut mal les avis. Le maître d'études fut
accusé pour avoir rempli son devoir. Pénétré d'indi-
gnation, il en appela à l'opinion publique, sans phra-
ses, sans clameurs, sans chercher l'éclat du scandale, en faisant imprimer quatre simples pages qui
contiennent les abominations de tout genre sur les-
quelles il avait dû attirer la sollicitude du principal...
Dans un conseil, tout a été avoué ; l'excuse du principal a été de dire que le mal existait lorsqu'il avait
pris le gouvernement du collège, et qu'il eût été nui-
sible à ses intérêts de tenter une réforme impossible...
Hâtons nous de le dire pourtant : cette réforme de laquelle on désespérait a été accomplie, du moins en
apparence, et nous voulons croire que l'apparence
n'a trompé personne. Les faits s'étaient passés en
1837 : en 1839 et 1840, au jour de Pâques, à ce
même collège, la communion fut générale. » (*Univers* du 21 mai 1843).

SCÈNE IV.

Page 17, Le jeune homme qui suit, etc. « Nul danger

plus grand... celui qui court en aveugle après le monde et ses joies, par entraînement de jeunesse, reviendra par lassitude... Mais celui qui de sang-froid, pour mieux surprendre le monde, a pu spéculer sur Dieu, qui a calculé combien Dieu rapporte, celui-là est mort de la mort dont on ne ressuscite pas. » (Des Jésuites, p. 17).

Page 17. Mais le *jésuitisé*. Ce mot a été employé par M. Dupin, j'ai cru l'autorité très suffisante pour m'en servir.

SCÈNE V.

Page 19. L'innocence du cœur vaut mieux que le génie. Pas un de mes lecteurs ne croira ce vers de moi.

Page 20. A l'heure où nous parlons, etc. « Oui, l'enseignement général de l'Université a pour base la religion catholique; telle est la disposition positive de l'art. 38, du décret de 1808. Mais j'ignore où M. le marquis de Barthélemy a pris que la religion catholique devait être le fondement de cette science particulière qu'on appelle la philosophie. Une telle disposition n'existe pas et ne peut pas exister. La philosophie enseigne ces grandes vérités naturelles, que,

grâce à Dieu, la raison nous découvre , et sur les
quelles reposent partout, et la famille , et la morale
publique et privée , et la dignité de la vie humaine ,
et la sûreté des États. Ces grandes vérités composent
un corps de doctrine ferme et solide , qui n'est pas
et qui ne peut pas être l'enseignement religieux lui-
même, mais qui s'y lie heureusement. Encore une
fois, messieurs , vous êtes des hommes d'État qui ne
devez pas entrer dans des détails d'école ; mais j'ai
besoin de répondre à la conscience de cette assemblée,
en vous déclarant ici, avec la connaissance intime des
faits, qu'*à l'heure où nous parlons* il ne s'enseigne ,
dans aucune classe de philosophie d'aucun collège du
royaume, *une seule proposition* qui , *directement ou
indirectement*, puisse porter atteinte à la religion catholique. » (M. Cousin , à la Chambre des Pairs ,
séance du lundi 15 mai 1843). Je soupçonnerais fort
Panthée d'être un jésuite déguisé ; ces jésuites se
fourrent partout en changeant de peau : *versipelles*.

Ibid. Comme le mot *insincérité* est un peu neuf, le
lecteur ne sera sans doute pas fâché de voir comment
M. Dupin en a expliqué le sens à la Chambre des
députés, le 24 janvier dernier. « Les Anglais , vous
le savez, Messieurs , ont un langage parlementaire
très-poli. Le roi Jacques 1er était soupçonné de favoriser le papisme ; les orateurs du Parlement respec-

taient trop les convenances pour dire qu'il n'était pas sincère, mais on le taxait d'*insincérité*. Je crois pouvoir dire que, dans les attaques dirigées contre l'Université, au nom de la liberté, il y a un peu d'*insincérité*. »

Ibid. Je veux bien vous en croire, etc. « De deux choses l'une : ou il faut que l'article 38 du décret constitutif de 1808 soit rétabli avec toutes ses conséquences, ou il faut qu'en vertu de l'article 69 de la Charte, la liberté d'enseignement soit accordée avec toutes les siennes, c'est-à-dire la libre concurrence, l'abolition de tout monopole et une indépendance entière à l'égard de l'autorité universitaire. Si l'article 38 est rétabli, alors l'Université doit être catholique dans son enseignement; et son premier acte d'autorité, ou plutôt le premier témoignage de son repentir, doit être de faire justice des hommes et des livres qui pervertissent en son nom, et de la manière la plus flagrante, la jeunesse catholique de France. Si au contraire, la liberté d'enseignement est accordée, l'Université doit renoncer à son monopole, et laisser le champ libre à quiconque voudra moissonner auprès d'elle.

» Dans le premier cas, il n'y aura de liberté pour personne. Il ne sera pas loisible aux pères de famille de confier leurs enfants à d'autres mains que les mains universitaires ; mais aussi, il ne sera plus permis aux maîtres de la science d'y mêler le venin de l'incrédulité et de l'erreur. Une servitude consolera de l'autre.

» Dans le second cas, il y aura liberté pour tous. L'Université distribuera comme elle l'entendra ses doctrines ; mais des hommes de foi prépareront de leur côté l'antidote ; mais les évêques pourront prémunir les familles catholiques contre les séductions d'un enseignement corrupteur. Il y aura lutte entre le bien et le mal ; les pères de famille choisiront. Une liberté fera supporter l'autre ; la vie et la mort seront offertes à tous. Chacun, à ses risques et périls, portera à sa bouche ou donnera à son fils le fruit qu'il croira le meilleur. Cela vaudra mieux que le régime sous lequel nous vivons, et qui peut se traduire par ces trois mots : Liberté pour l'Université, servitude pour les autres, et nécessité de mourir pour tous. » (*Mémoire de l'Archevêque de Paris.*)

Page 22. Le clergé jouissant de plus de confiance, etc. « Nous le savons, on murmure tout bas, et souvent on a proclamé tout haut que, si le clergé en France, jouissait comme en Belgique, d'une liberté pleine et entière sur le point qui nous occupe, il ne tarderait pas à envahir la presque totalité de l'enseignement par la seule confiance qui s'attache à l'idée de ses vertus. Nous le demandons à tout homme de bonne foi : avons-nous ici à nous défendre? Ne trouvons-nous pas une noble justification dans cette présomption même que l'on voudrait faire servir contre nous? » (*Mémoire des Evêques de Luçon et de la Rochelle*).

Page 23. Et donner une loi... loi de sincérité. M. Villemain a promis absolument la même chose à la Chambre.

Ibid. Leurs petits séminaires, etc. L'*Univers* du 18 février explique ainsi les faveurs accordées aux petits séminaires dans le nouveau projet de loi :

ART. 21. Comme la présente loi n'a pas pour objet de former des catholiques, et encore moins des prêtres, ce dont l'Université se reconnaît incapable, les écoles secondaires ecclésiastiques sont forcément exclues du bénéfice de la liberté nouvelle. Ces établissements restent donc soumis à toutes les restrictions imposées par les ordonnances de 1828.

ART. 22. Néanmoins, considérant que la disposition d'après laquelle les élèves des petits séminaires sont exclus des épreuves du baccalauréat a provoqué d'importunes clameurs et a passé pour une monstrueuse injustice, nous réduisons de moitié le nombre des victimes de cette injustice.

Art. 22. Ceux qui s'indigneraient de voir une réduction si étrange dans le nombre des victimes, auront tout droit de s'irriter d'un privilège exorbitant et de profiter de la condescendance de la loi pour haïr plus que jamais un clergé qui ne peut pas s'accommoder de la mesure de liberté accordée par le présent projet.

SCÈNE VII.

« Ce projet (celui de 1841) est contraire aux droits des pères de famille ; car le premier de ces droits, droit tout-à-fait imprescriptible, c'est qu'un père de famille puisse, en toute liberté, procurer à ses enfants une éducation chrétienne avant tout, et en rapport avec le rang qu'ils sont appelés à tenir dans la société. Or, ce droit est violé par le projet, puisqu'il ne laisse aux pères de famille que l'alternative, de priver leurs enfants du bienfait de l'instruction ou de confier leurs enfants à un corps qui peut ne pas leur offrir les garanties que réclame leur conscience. En effet, l'Université comme corps, n'a point ni ne peut avoir de principes religieux, puisqu'elle est appelée à élever la jeunesse de toutes les croyances. Quant aux individus, dans l'Université, ils peuvent avoir de vrais principes en fait de religion,

et assurément beaucoup en ont, comme on le voit
par tout ce qu'elle compte dans son sein d'hommes
infiniment recommandables sous ce rapport. Mais ils
peuvent aussi en avoir, et ils en ont souvent de faux.
Comment ne répugnera-t-il pas à la conscience d'un
père catholique de confier ses enfants à des maîtres
qu'il sait professer des principes opposés à sa foi? Et
cependant il faudra, dans bien des cas, qu'il les leur
confie, ou qu'il les laisse manquer de l'instruction
qu'il a le droit de leur procurer. » (*Protestation de
l'Evêque d'Avignon*).

SCÈNE VIII.

Page 27. Quel sera l'avenir, etc. M. Michelet com-
mence ainsi son livre *des Jésuites* : « Ce que l'avenir
nous garde, Dieu le sait !... seulement je le prie s'il
faut qu'il nous frappe encore, de nous frapper de
l'épée. — Les blessures que fait l'épée, sont des
blessures nettes et franches qui saignent et qui gué-
rissent. Mais que faire aux plaies honteuses, qu'on
cache, qui s'envieillissent, et qui vont toujours ga-
gnant? — De ces plaies, la plus à craindre, c'est
l'esprit de la police mis dans les choses de Dieu, l'esprit de pieuse intrigue, de sainte délation, l'esprit
des jésuites. — Dieu nous donne dix fois la tyrannie

politique, militaire, et toutes les tyrannies, plutôt qu'une telle police salisse jamais notre France!... La tyrannie a cela de bon qu'elle réveille souvent le sentiment national, on la brise ou elle se brise. Mais, le sentiment éteint, la gangrène une fois dans vos chairs et dans vos os, comment la chasserez-vous? »

Page 30. Vous avez en tous lieux semé l'esprit de mort. Voir l'impérissable leçon de M. Michelet sur *l'esprit de vie et l'esprit de mort.*

Page 31. Sans cabale, sans bruit, etc. C'est ce que prétend le P. Ravignan dans son livre *de l'existence et de l'institut des Jésuites*, mais M. Génin, qui n'est pas bête, prouve irréfutablement, dans son énorme volume intitulé *les Jésuites et l'Université*, que tout ce que dit le P. Ravignan des Jésuites, doit s'entendre exclusivement du P. Ravignan, parce que lui, M. Génin, sait beaucoup mieux que le révérend Père ce que sont et ce que font les Jésuites.

Page 32. Tantôt vous permettez l'assassinat des rois, etc. Le P. Ravignan prouve que la doctrine du tyrannicide n'appartient pas aux Jésuites, que la compagnie a condamné Mariana, qui l'enseignait, que depuis 1614 pas un auteur jésuite n'a parlé du tyrannicide, etc. Si M. Génin le permet, je le croirai.

Ibid. Vous êtes les auteurs de l'inquisition. Michistor a sans doute eu pour professeur d'histoire M. Michel Chevalier qui fait inventer par les Jésuites, fondés en 1540, St-Jean Népomucène, mort en 1383.

Ibid. La Charte, du pays, etc. Art. 20. Quant à la moralité parfaite, on ne saurait la tolérer dans l'enseignement, pas même dans les petits séminaires : En conséquence, tout Français qui, devant Dieu, à l'insu de la loi, aura contracté avec plusieurs autres citoyens l'engagement de tendre à la perfection évangélique, sera assimilé aux forçats libérés et déclaré indigne de se livrer à l'éducation sur la terre de France. (*Nouveau projet de loi d'après l'Univers du 18 février.*)

Page 34. On ne vous doit à vous que... que l'expulsion. « Ces gens qui s'affichent avec tant d'éclat, dit M. Génin, p. 259 de l'ouvrage précité, sont sous le coup d'un arrêt de bannissement qui n'a jamais été révoqué. Que réclamez-vous? la liberté? On ne vous doit, *à vous*, que l'expulsion : c'est tout ce que vous pouvez prétendre en vertu de la loi. » Et M. de Vatimesnil qui venait nous dire le contraire? Allons donc !

SCÈNE IX.

Page 37. Ne ménageons plus rien, et soyons implacables. « Nous avons une presse, nous avons une tribune, nous sommes législateurs! Le clergé sera protégé. Il a été favorisé depuis 1830; il l'a été plus que sous la Restauration, encore plus que sous l'Empire; nous continuerons à le bien traiter, à le favoriser; on nous trouvera toujours favorablement disposés pour la religion, pour le clergé hiérarchique, pour nos curés et nos évêques; mais en même temps aussi, pour tout ce qui est excentricité, je vous y exhorte, gouvernement, soyez implacable! (M. Dupin, séance du mardi 19 mars). *Le Moniteur* a substitué le mot *inflexible* au mot *implacable*, est-ce que le mot était trop fort?

Ibid. Je vois que tous déjà vous brûlez de me suivre. Je dois à Racine le reste de cette scène et la suivante toute entière, qu'il en reçoive ici mes remercîments très sincères... J'espère que mon lecteur, fatigué de mes vers, me saura gré de lui avoir offert en terminant quelque chose digne de lui.

www.ingramcontent.com/pod-product-compliance
Lightning Source LLC
Chambersburg PA
CBHW060817180626
46818CB00002B/857